# 校園軼事

林口澤北、君靈鈴、葉櫻 合著

天空數位圖書出版

# 目　錄

# 致‧親愛的早餐

作者：林口澤北

　　晨間瀰漫著霧氣，街道上的燈光晦暗不明，在這朝陽尚未露出視線的時刻，我已在站牌等候頭班車的到來。

　　街邊的鐵捲門開著，裡頭隱約可見叔叔阿姨們，三五成群地忙著備料，頭巾捆著他們滴不下的汗水，手套隔絕著蒸籠竄出的蒸氣，我隱約看到兩三個小時後會被人帶走的麵團在桿麵棍底下抵抗著。

　　暈黃色的車燈從霧氣中照射過來，我在恍惚之間就投幣領票上了公車，坐在擁擠帶有霉味的椅子上看著結露的窗戶，不知過了多久我回過神來，將目光轉向車內，車上的零星乘客分散在四周坐著，不約而同的都靠在車窗上假寐補充精神，我跟著其他乘客的節奏閉上了眼睛戴起了耳機，腦中浮現的是鐵捲門內散出的暖鹵素燈光，彷彿能驅走座椅下的冰寒一樣。

　　公車在天色微亮的高速公路中，一路順暢地到了台北，我一樣是恍惚的進出了捷運站以及校門口，穿戴好裝備，站在校門口的我已經沒有了睡意，機械式地進行崗哨的管制，當我發聲高喊「敬禮！」時，我的肚子也跟著喊出了聲音，剛過發育期的我立刻進行嚴格的飲食控制，限制住自己不能隨心所欲的進食。

　　校門口擺著三四個攤位，販賣著各種早餐，油飯、冬粉、小籠包、鐵板麵、三明治，中西式都有，共同點就是他們總是喊著「帥哥、美女」在叫賣，我不知道這樣算不算說謊，也不知道到

底要怎麼分辨是不是自己的餐點，但我對於有餘裕可以買早餐，可以挑選自己的餐點感到欣慰。

兩個小時的大門哨結束之後，替代役向我接管了校門，這時早自習已開始，校門口的早餐攤販早已離去，我跟已經踏入校園的同學一樣，不能任意地進出，教官室中吃著鐵板麵跟紅茶的值星教官，一邊聽我回報今日校門的進出車輛，一邊簽核著我的執勤表，而我眼裡注視著他桌上還沒打開的餐盒。

那是蛋餅還是煎餃？這是小時候的我最常吃的早餐，多年沒吃早餐的我早已經忘卻那是什麼滋味，只記得煎台上啵啵作響的油聲，還有總是叫我「酷哥」，不願意叫我「帥哥」的早餐店阿姨，短短的捲髮綁在頭巾裡，那是我對阿姨僅存的印象。

一天的課程結束了，我提早十分鐘下課到了教官室著裝，領取肩章與今早教官桌上的餐盒，我忍著沒打開，先拿起了交管棒往大門口準備指揮去了，我看著一個又一個身影在陽光下進入校門，又看著他們的背影被夕陽映照著離開校園，心中已沒有了感慨，這是我生存的唯一方式：指揮完了交通，扣上大門的鎖扣，我交還了臂章並在已經無人的教官室中打卡，接著就領取今天的報酬：沒有人呼喊「帥哥」叫賣的一份早餐。

# 致‧理所當然的教官

作者：林口澤北

　　下課鐘聲響起，隱約可以聽到飢腸轆轆的嘶喊聲，隱藏在鐘聲之中。

　　環顧校門，一、二、三，不下十台機車停在校門口，手中提著一袋袋的便當與飲料，中午叫的外賣總是比老師的放課令還要準時。

　　綠色襯衫的趙教官看著門口外送車滿目的亂象皺起了眉頭，轉身叫住了一名手上握著錢準備領便當的學生。

　　「亂七八糟！誰准你們這麼明目張膽的搞亂校風！」趙教官喝斥的聲音不大，卻像是道驚雷般劈進了所有大安學生的心中。

　　被叫住的學生轉頭，兩眼中不帶絲毫的情緒，那瞳孔像是看盡世間一切般的清澈，那名學生用理所當然的口吻說出：「合作社的太難吃了。」

　　趙教官臉上泛起青筋，在他的世界觀裡，學生就該對他畢恭畢敬，聽從他的訓斥才對，學生怎麼可以這樣理直氣壯的回嘴？

　　「你哪個班的？放學後到教官室抽點！」

　　「冷凍三乙，我不去。」那名學生轉過身遞過錢，拿起了便當便慢慢的走過趙教官眼前，那麼的自然，彷彿剛剛的喝斥跟家常便飯似的。

　　一時之間，趙教官也不知該作何反應，愣在了原處，在他十餘年的教官生涯裡，碰過學生膽怯而哭、怒極而罵、故作鎮定，甚至也有搬出家長來威脅的，但像這樣無所謂的姿態，壓根不將他放在眼裡的舉動，還真沒見過。

　　那名學生的身影就這樣消失在走廊深處，趙教官就目視著他離開了川堂，他的眼神一刻不停地注視著那名學生，就在他抬頭看向冷三乙教室的同時，不少學生已經從他身後悄悄領走了外賣便當。

　　「在你眼中，教官是如此的不重要嗎？哼！」放學後，那名學生直接在教室裡被教官所攔下，那學生在放學鐘聲響起的那刻開始，便理所當然的醒來，怡然自得的收起了書包，走出教室，一切是那麼的理所當然，直到被教官攔下怒吼。

　　那雙瞳孔帶著幾粒眼屎，視線還是一樣的目空一切，掃過了教官的臉，「教官嗎……能幹嘛？」這句話說出口後，換來的是整條走廊的歡呼聲。

　　趙教官氣的發抖，他沒想過他堂堂三槓上尉教官親自出馬，卻搞不定這頑劣分子，他伸出他的手準備揪住那名學生。

　　「我說教官啊，他應該沒犯什麼校規吧？」說這話的人一樣帶著軍官帽，肩膀上的是一顆梅花徽章。

　　「不學長，他沒犯什麼，我只是想導正他的態度而已。」趙教官的口氣頓時放軟了下來，來人是他軍校的直屬學長，也是目前這間學校的主任教官。

　　「那就好，沒事就好。」梅花教官笑笑的點頭離去，當趙教官轉頭看時，那名學生早已離開，走廊上盡是看熱鬧未離開的學生，原來他早已成為學生的笑柄，羞愧之餘趙教官便快步離開，結束了他今天的作威作福。

# 致・忘不掉的老師

作者：林口澤北

　　她是老師，一個被傳統文化薰陶過的老師。

　　一頭齊肩烏黑亮麗的長髮，髮尾還參雜著些許褪色未修剪掉的香檳色髮絲，額間冒出了幾根煩惱絲，希望不是因為我的曠課而冒出的。

　　老師帶著方框眼鏡，講課的時候喜歡坐在講台的座椅，她誦念課文時不喜歡叫學生念，總是自己念著句子間的抑揚頓挫，那嗓音帶著些許的滄桑與無力，彷彿將自己寄託在課文之中。

　　課堂期間的她是嚴肅的，不苟言笑的表情，會因為學生表現不理想而眉頭緊蹙，卻不曾因為傳統的分數而對我們斥責過。

　　一次無意之間，我成為了老師的小老師，我開始穿梭在她的辦公室之間，我總是第一個幫忙收齊全班同學的作業，自己最後一個卻交出，只為了能多進出一次她的辦公室，漸漸地，她也明白了這個耍小聰明的舉動，但她沒有搓破我的小心機。

　　那天是夏天，那年為節省電費，全校除了校長室與學務處外沒有教室是開著冷氣的，學生汗流浹背，老師也忍著悶熱教書，頭頂的電風扇嗡嗡作響，卻絲毫驅趕不走酷熱的空氣。

　　我一如往常，拿著自己的作業走進了她的辦公室，卻沒在熟悉的位置上看到熟悉的身影，位置空蕩蕩的沒人辦公，我突發奇想的坐上了她的座椅，就這麼等她回來。

　　「你在幹嘛？」不知過了多久，才回來的她帶著驚訝的音調對我問話，她似乎第一次看到如此無禮的學生，這樣肆無忌憚地直接坐在老師的座椅上發呆。

　　老師沒有叫我起來，我看著她的表情，一雙略腫的紅眼，貌似剛剛流過淚，「妳還好嘛？」明明小了老師一輪，我說出口的語氣就像是同輩分的人在互相關心似的。

　　「老師不是像你們看到的那樣光鮮亮麗的。」她吐出這句話的時候，還搖了搖頭輕嘆了聲，接著便向我勾勾食指，示意我過去。

　　我的內心狂跳，這是我有生以來第一次被異性所吸引，我將頭緩緩伸了過去，換來的是一記敲頭攻擊。

　　「我是叫你起來！好大的膽子啊呵！」這時候的她看起來與我沒有兩樣，說話充滿了年輕的氣息。

　　我尷尬的起了身，把位子還給它的主人，放下了我該交的作業在她的辦公桌上，隨即笑著看著老師坐下。

　　剛從外面回來的她，汗水早就浸濕了她的上衣，我居高臨下頓時起了些許異心想要看些從沒看過的她。

　　我正準備將目光轉向禁忌之處，卻發現老師早就持續注視著我的雙眼，我就像是被抓到的現行犯一樣尷尬，卻還是瞪大眼睛與她對視。

　　不知道看了多久，老師只是搖搖頭笑了笑，接著再站起來捶了我的腦袋一下說：「快回家吧，不要腦子想些亂七八糟的！」。

　　就這樣，我們的第一次交鋒就在我的全面敗北之下結束，後續怎麼回到家，之後又交鋒了幾次也不重要了。

　　只記得半年後，畢業典禮的那天她稍作打扮就令人驚豔的姿態，她特意跟導師要來了我的胸花，在一大早時把我叫去辦公室幫我別上，隨即輕輕的抱了我一下，在我耳邊說著：「畢業了，長大了，將來沒忘記老師的話再來看看我知道嘛？」

　　「妳想太多了老師！」怎麼可能會忘了妳呢？

# 致‧提早錄取的同學

作者：林口澤北

時間是四月底。

那年春天來得晚，夏天來的卻很早，應該舒適宜人的氣候轉變得格外炎熱，而國中教室僅有三台電風扇，這對於天生懼怕夏天的秉方來說非常難受。

秉方天資聰穎，數學公式可以憑空推導，小小年紀中英文之熟稔足以讓明星高中生汗顏，對於大自然與社會人倫的求知慾讓他天生對於地球有股使命感，種種的條件讓他毫無疑問地成為該所國中的重點培育學生，校長多次暗示班導師要緊緊盯著他的課業進度。

正值青春叛逆期的秉方，因為搬家轉到了這偏僻地區國中就讀，班上同學因為他是大都市來的而排擠他，在第一次段考時，秉方以全部答錯，總分零分的神奇成績震驚了班導師，在班導師懷疑的眼神下，秉方說出了「這些題目污辱智商。」這種蔑視眾人的狂言。

就在眾人的嘻笑中，第二次段考，秉方在每科考試中，僅用了一半的時間提早交卷，並以全面滿分的成績震驚了全校，教務主任甚至重出一份考卷測驗秉方，但依然是全面滿分的結果。

此後，學校開始重視秉方，包括他的班導師，其他人在秉方身上看到的是天才，但班導師在秉方身上看到的卻是「城府」，

懂的先利用零分再奪得滿分的落差來塑造自己的不凡，這種計謀與膽識已經不是 13 歲小孩該擁有的了。

在經過與秉方的家長長達半年的溝通後，班導從國二開始就任由秉方做任何事，他可以翹課去打球、裝病去睡覺、請假去看電影，但只要他不在學校就必須每天寫下畫下拍下他那天的心得或是最開心的事物，剛開始，秉方還不明白這是怎麼回事，單純的以為這是學校看在他成績好的分上給他的特權。

隨著時間一長，這些特權漸漸變成枷鎖，他不明白這些特權是為了什麼，一直到國三第一次模擬考，他終於被踢下了榜首的寶座，體會到了跌落凡間的感受，公布成績時，他看到了那個新榜首的笑容，他瞬間明白了有些人的努力，是可以超越天賦的。

秉方開始不再翹課，但他也不花時間在唸書上面，他更沉醉於在探索自己的興趣上，他去研究各種才藝，在同屆國中生忙於念書準備基測的同時，秉方已經找到了真正想要的東西：繪畫。

他將這些翹課的日子，累積起來的感悟做成了一冊作品集，寄至了某私立高職的美術專科，在第一次基測的周末前夕，秉方就接到了對方教務處的錄取電話，對方十分喜歡他的畫作，雖然不是精美的作品，卻充滿了對生活的體悟。

基測如期而至，最炎熱難熬的四月，秉方不再畏懼著烈日，踏進了該高職的考場，除了作答並提前交卷之外，秉方更利用時

間仔細地漫步在這未來三年要待的校園，帶著對班導師感激的心情漫步著，雖然，他有長達半年的暑假可以慢慢探索。

# 致・親愛的社團

作者：林口澤北

　　我看著孔廟前高聳的舞台，見證了傳統文化與外來文化的衝擊與結合，人類　與其他生物最不同的地方除了說謊以外，就是藝術。

　　下課的鈴聲響起前，我已站在了社團大樓前，各社團的學長熱情的發著傳單，昭告著新生們他們才是最好的社團，加入 XX 社，榮譽一生！

　　Whatever，我只是想看學姊而已，在我眼中除了熱情火辣的學姊以外，我誰都不在乎好嘛？

　　咦？我怎麼已經簽了入社同意書？什麼？熱舞社？我是肢障啊……我怎麼會加入熱舞社？等等！剛剛那個學姊呢？她是不是有叫我說什麼我願意？不是吧？這樣就能拉人入伙，學姊你怎麼不去做直銷？

　　如果你問我，社團的生涯是不是多采多姿的，我不知道，但是箇中滋味的確挺複雜的，小高一的時候光是學舞就沒時間，一直到成發前都跟其他舞風的沒什麼認識到，當然也沒什麼機會跟學姊講到話，這應該會是我社團生涯的一個遺憾。

　　到了高二接任幹部，社長這個職位我當之有愧，所以我自願發聲退出社長選舉，果不其然的我確實沒有當選，學長姐還是賣我面子的讓我當上了活動長，讓我能夠多辦些活動，活絡社團間的氣氛與和諧。

　　升高二這一年，我不負眾望的辦了聯誼、聯誼、還有聯誼，包含基隆商工、基隆女中、北市商、松商、金甌、靜修、北一女、中山女中還有景美女中等等，我充分發揮了活動長的職務，促進我們學校與同縣市的其他學校的熱舞社做舞技上的交流切磋，這件事情讓社團上下的風氣進入了一個莫名的團結，只是卸任後的幹部們不太滿意，我想一定是我辦這些活動沒有邀請他們參與，我真是不會做人！

　　開學之後的我更加成熟了，我邀請了一間專研爵士女舞的學校與我們共同舉辦成果發表會，並邀請了學長們共舞，學長非常高興地接納了我，只是學姊不是很開心，當下的我真想跟學姊說聲：後悔沒來討好我了吧？

　　到了高三，卸任的我終於開竅，不被社團責任束縛的我開始主動去參加一些舞蹈比賽或表演，那時台灣最大的比賽是世界級的 Dance@Live，並首次租借到台北孔廟做場地，光是這文宣就讓人興奮不已，我馬上聯繫了那些專研爵士女舞的社團朋友們一起去觀戰，可惜的是她們在退社之後就對於舞蹈藝術興致缺缺。

　　沒關係，我可以自己去，現場，孔廟傳統建築與現代燈光舞台結合，以往台上舞者是配合花燈根鋼管的，這次是配合 DJ，我頓時被這些優美的文化所震懾到了，我們能創造出這些東西來，這就是人類與其他動物不同的地方啊！

　　最後是時下最新科技的光影技術，用光線與雷射投放在孔廟上做出電影效果，看著建築物的光影穿梭，我想，這個社團活動帶給了我一些啟發。

# 致‧親愛的建築

作者：林口澤北

　　子夜的鐘聲響起，我穿梭在風雨走廊的幽暗之中，暈黃的滿月投射出了我們與我的悲歌，我打起精神走回到了大樓中的工作室坐下，裡頭的燈火通明，讓人絲毫起不了睡意。

　　是從什麼時候開始呢？是大四分配好組別的時候嘛？是大三切割瓦片模型的時候呢？還是大二被逼著抄襲換分數的那堂課？又或者是第一攤開圖紙落下了第一筆的時候？

　　我握著滑滑鼠不敢再多懊悔一些，戴上耳機隔絕了周圍同學討論的聲響，將自己沉浸在自己的作業……或著是幻想之中？

　　電腦繪圖沒有想像中的有趣，切割模型隨著細緻度的增加，刀片消耗的速度也與日俱增，曾幾何時美工刀從消耗品變成了日用品？而相片膠的消耗速度居然用得比機車的汽油還快？

　　清晨的雞啼提醒了工作室的人群，沒有人是睡著的，但都是茫然的收拾起自己的東西，那是我們508號工作室最為特殊的鐘聲，是少數無意義通過的一項決定，畢竟越詭異的事物才能喚醒在自我世界裡揮灑淚水的眾人。

　　當我們從輸出店中扛著厚重的圖紙時我們已然睡醒，到教室張貼圖面時，總是會互相比較誰出的圖面比較多張，模型比較厚實，但其實比的是錢包的厚度，一千元面額是低於標準，兩千元是佳作，三千元是榜樣，如果你這次作業的身價超過了四千元，

大家會對你肅然起敬，然後不約而同的拉起椅子排在他身後，這樣他餓昏頭倒下才不會撞到地板。

　　搶奪最後面的位置是個習俗，巴不得離講台越遠越好，除了比較難被點到上台解說之外，更避免教授評圖時噴濺的口水弄髒了自己多日未換洗的衣物，雖然他們從沒注重過，自己在言語中的立場是多麼的站不住腳。

　　評圖的過程就像是世界大戰一樣，教授間的唇槍舌刀彼此攻擊，延伸到學生身上，不同組別的學生就像是仇人一樣，不同的教授貌似不抨擊就無法證明自己的成就一般，偶爾也會有像是被自己教授暗地捅一刀的珍珠港事件發生，那時站在台上的學生貌似「就是我呢？」這樣……經過指導教授層層指點修改出來的四不像，原來最後也被他評鑑為四不像。

　　真正的鐘聲響起，宣告我們一次的循環結束，大家瞪著眼睛前去將自己多日來的心血撤下，或撕下，又或著是像某些固執、堅持自己立場闡述自己設計多麼輝煌的同學一樣，他們大多都是彎腰之後從教授的腳邊或是教室外面的垃圾桶中撿起。

　　這只是一次循環的結束，今晚休息一夜，明日仍舊是滿月，工作室的燈火通明，不會斷電。

# 致・園遊會

作者：林口澤北

　　操場上，每個班級陸續進場，有正常穿著體育服列隊劃一，有不甘於平寒，穿著奇裝異服像是軍裝、和服甚至裝扮成鬼怪或 Cosplay 動漫角色，升旗台上的主任對於這些膽大包天的班級一一地記下，準備秋後算賬。

　　「接下來，九年十班！班導師是，表演藝術專門的⋯⋯嗯？」司儀話音剛起便被打斷，原來操場上的隊伍硬生生少了一整個班級，三十八個人連導師帶學生通通消失，原本還在心中暗自記下奇裝異服班級的學務主任，頓時也傻了，趕緊叫司儀先喊著下個班級進場，轉頭就找了個學生去教室看看。

　　糾察隊長穿過重重的人群，飛奔上三樓教室，在尋找人群的蹤影同時，他大力地轉動門把，門把卻聞風不動，「被鎖死了？他們太大膽了吧？敢全班跳過進場！好歹也派個舉旗手跟值日生吧。」正當隊長腦中思索時，樓梯走上來了兩個學生大聲喊道：「小偷！」

　　轉頭看過去，是兩個女生，隊長仔細掃了眼對方胸口的學號之後道：「你們十班的人呢？現在在進場欸，怎麼都不在？」講話時額頭冒出青筋，卻不會口出惡言，真不愧為糾察隊隊長！

　　「喔！我們早上投票決定，進場太麻煩了，會造成我們攤位的收入減少，所以班導帶我們通通集中在校門口招攬生意，這樣我們班費才不會虧損！」什麼？！如此大逆不道的班導太讓其他

班級的導師厭惡了吧？大家都乖乖的曬太陽進場，跟著自己的學生站在升旗台下升旗、唱國歌跟校歌、看無聊的進場巡迴，這個班級怎麼可以全班翹掉，只為趁大家都不在攤位上先招攬生意？

隊長強壓著沸騰的血液，深呼吸了幾口氣向他們繼續對話：「你們班這次的合作社攤位在哪？我要去見導師。」隊長身為糾察隊，必須導正遏止這種歪風，否則明年開始沒人在運動會上進場，他可成了千古罪人啊！

「老師不在，他去外面家樂福補貨！我們早上賣的骰子牛、鐵板麵跟冰沙快賣完了，誰叫其他攤位都被下令要先去進場，全校家長都沒得吃只好來我們這。」兩個同學邊說邊拿出鑰匙，開了教室的門進去搬了一箱餐具就往下走去。

「什麼？現在才九點半啊！居然賣到要補貨了？沒想到我們主任提議的政見被他們拿來賺班費！」今年的學務處提出了新的規定，要求園遊會必須在運動會各班級進場之後才准販賣，為的是讓所有家長看到學生的朝氣。

至於一早來的家長沒有東西可挑，只能選學校合作社的骯髒早餐，間接增加合作社收入這點，卻沒想到這一項政策直接被這惡劣的九年十班班導無視！預演時乖乖進場就已經是不正常了，沒想到啊～真的沒想到！

　　畫面一轉，學務主任已在九年十班的攤位上對著學生罵著，當著客人（家長）面向班導師威脅著要對他發出警告函，十班班導若無其事的放下手中的箱子，向主任說道：「無所謂，班導師就是要照顧學生，我可不希望我的學生辦園遊會還要在那邊曬太陽罰站兩個小時，站兩個小時再過來開攤我們可是會虧本的！」

　　「我也想要這種老師！」糾察隊長心中的吶喊差一點就衝出口來了。

# 致‧日夜生活的我們

作者：林口澤北

　　秋夜的天氣涼爽，距離開學過了一段時間，南北學生們開始熟稔，全台灣不分縣市的大學生們都喜歡這個季節這個月分，這個夜衝、夜唱、夜店都不用穿太厚的季節。

　　時間是下午五點半，前三天晚上都忙著做報告，大家的精神瀕臨崩潰，就在下課的鐘聲響起的那一刻，就像是網路遊戲中的牧師給大家吟唱補血一樣的瞬間有力氣，班上同學開始討論等等要去哪慶祝期中報告結束的日子。

　　「當然要夜衝啊！大家都買機車了不上山看夜景幹嘛？」

　　「夜店拉！大學生就是要去夜店喝酒啊！」

　　「夜唱比較爽拉！有吃有喝累了倒頭睡就好多方便！」

　　「可以夜睡就好嘛太累了拉……」

　　默默說出夜睡的我，在眾人可以殺人的眼神之中沒有堅持自己的意見，歷經激烈的討論過後，班上總共聚集了二十餘人，十多台機車浩浩蕩蕩地往好樂迪前進。

　　景美好樂迪，台北市內最便宜的唱歌地點，配合無限時間的歡樂吧，有吃有喝有唱也有沙發讓你躺，根本是大學生天堂，可以的話真想把這裡當教室上課，畢竟也有麥克風給老師講話嘛。

「是誰訂歡唱十二小時的啊？」說話的是大寶，圓滾滾的身軀一個人可能要坐三個位置，他說出了好幾個人的疑問，我們真的要在這邊唱十二小時嘛？

「這你就不懂了！十二小時的包廂費跟八小時比起來划算多了！我們就唱到累直接睡在這就好啊，聰明吧！」欸同學等等，我幹嘛不回家睡啊？我們又沒有喝酒！

「太聰明了吧！精打細算欸你總務股長喔？」其餘人開始附和總務股長的解釋，卻沒有人拿起麥克風，大家都走去外面的歡樂吧覓食。

歌聲稀稀疏疏，二十幾個人的包廂略顯狹窄，許多人都在低頭補充熱量，畢竟已經快三天沒有好好休息，需要補些東西才有精神應付接下來的行程。

過去了幾個小時，時間到了晚上的十一點，醒來的我抬起頭發現，包廂內有人先行離開，剩下十來個人，麥克風已經沒人在拿，螢幕上的歌曲已經是導唱再唱歌，聲音也很小，大家都在各自聊天，到底是來這幹嘛的啊？

「欸我們去下個地方吧，已經有人準備要出發了！」我傻眼看著總務股長，他指著站起來伸懶腰的我，頓時大家開始收拾起來，該死這下我想偷跑都不行了。

　　轟隆隆隆，引擎聲此起彼落，我騎的是檔車，不用載人，爬山也很順暢，所以一馬當先地騎在最前面帶頭，時常爬這座山的我對路況十分熟悉，後面的幾台機車跟著我的路線一路向上。

　　「欸這座山是哪啊？好遠喔。」總務在後面吼著，我稍微放慢了速度到他旁邊。

　　「這是八里的觀音山，慢慢騎就好只有一條路，等等右手邊有觀景台。」說罷我就換檔猛催油門，讓他們看著我的車尾燈消失在眼前。

　　十餘台機車就在十幾分鐘之後，凌晨的一點半，從八里的觀音山向關渡大橋望去，欣賞夜晚少見的光橋，有另一半的都互相依偎著取暖，沒有的就拿起了鹹酥雞吃了起來。

　　總務拿起了手機撥了通電話：「欸欸你人勒？我們都在觀景台了。」

　　「喔我回家了啊，我家在另一邊山下，明天還要上早八，看你們要沿著山路下山到八里或原路折返回五股都可以，晚安。」

　　「幹！」

# 致‧不踏出校園的學長

作者：林口澤北

　　花開花落，每年五到六月是台灣莘莘學子踏出校園的月分，這是個充滿汗水及淚水的月分，這個月分的社群軟體上會充斥著各種拍照與打卡，學士服、就連畢業證書都會拍出，有玩社團的甚至還會有表演影片，but，每所大專院校中總是有人沒辦法體會這種離別的氣息。

　　碩四、碩五乃至碩六，各種原因使他們明明不是在職碩班，卻仍舊攻讀碩士班到三年以上還未畢業，通常這種人物在系上會被稱作大學長或是「萬年學長」，更有些膽大包天的人會直接喊做「同學」，這些人物學識充足，但是刻意的表現低下，讓他們的學業成績非常漂亮的不及格，以達到無法畢業的門檻，這等人物，在我們系上就有一位。

　　大學長，是個已經不知道碩幾的王者，據傳聞，系主任多次想將他畢業掉，卻不曾如願過，他的設計有如神來一筆，靈感來時可以一次過關全部的設計老師，但最後他總是提不起勁交出完整的圖說或是模型，所以沒有一位教授願意當指導教授，卻總是壓榨著他做許多雜事。

　　大學長指導過的系上同學不計其數，考上建築師的也不在少數，許多建築師都對他畢恭畢敬地叫聲「學長」，有許多教授還直接讓他代課，但卻不曾看他跨出過學校就業過一天；大學長總是說著「碩士不成，誓不就業。」此等豪語，也常看到他夜寐校園的身影，但就是不曾看過他交作業或是論文。

他人緣極佳，從我入校前五屆到我畢業後五屆（或更多），都有他的子弟兵，多少人設計碰到瓶頸都是向他請教，我大一那年便是受他的指導才走出了某位教授的陰霾，更多的人是被他手把手拉起，啟發了更多的設計發想。

奇妙的是，從我入學到我畢業、服完兵役，現在已經就業第三年了，大學長還未踏出校園，我已在業界碰到無數學長姐，他們也都稱大學長做大學長，我想，必是與我在校時間有所重疊，卻未曾想到，其中有一位是大我整整七年的學長，連他都稱呼大學長為學長，究竟大學長是碩幾了？

某一天，我在某建設公司做簡報時，赫然發現該建設公司總經理的名字非常特殊，姓達，名叫學傑。

「經理，你的名字好特殊啊，唸起來就像叫妳學姊一樣！」

「大家都這麼說，我弟弟的名字更特殊，他在大學當教授，大家都叫他大學長！」

「……請問你弟弟是不是在 XX 大學？」

「對啊！他說他前幾年升副教授，然後有一年騙學生說他是碩班大學長，結果這個消息傳遍了全系，好幾年的學生都直接叫他學長，他又長得一副娃娃臉，根本沒人相信他是教授！」

# 致‧親愛的工具人

作者：林口澤北

「鳳凰花開鳳凰飛，希望畢業生能像鳳凰一樣展翅高飛！」台上演講者慷慨激昂，入校就讀第四年的子強卻對他毫無印象。

子強看著會場裡的同學與親朋好友們合照，沒什麼朋友的他早早脫下了學士服裝，走到了禮堂外頭透透氣。

禮堂漸漸走出了一個身材姣好的女生，名叫繁欣，她帶著她的家人向子強走來。

「不跟我拍張照就脫衣服了啊？」邊說著，繁欣伸手將學士服遞給了子強，繁欣是他最熟悉的陌生人，而繁欣的爸媽也帶著笑容看著他。

子強笑了笑，穿起了學士服，輕輕靠在繁欣的身旁，右手很自然的挽著她的小蠻腰，繁欣毫不做作的伸出了左手回攬著子強的身軀，兩人的合照就像是熱戀的情侶般，但遺憾的是他們之間早已結束。

拍立得的強光閃過，子強想起了他與繁欣之間的種種，從大一同班第一個認識，到她被男友狠甩來找子強哭訴，到她接二連三換了男友，而子強也未曾發現交過女友，一直陪在她身旁，這種曼妙的默契被身邊同學稱之為「工具人」，但子強從未在乎過這些閒言閒語。

　　一直到了大四，又一次的分手後，子強一如往常地騎車載著繁欣搬回她家，一時之間兩人沒有話語只有沉默，子強隱隱覺得這次似乎不一樣，但他保持著他們之間一貫的默契「你不說，我不問，但我陪著你。」。

　　機車很快的到了繁欣的家，早已接到通知的家人出來幫忙提起行李，不知為何獨留他們二人在門外，正當子強準備離開時，繁欣毫不留情地壓著他機車的龍頭，將子強拽下了車。

　　「？？？？？？」這是子強心中充滿的 OS。

　　「閉嘴。」繁欣看著子強的雙眼，伸手將他的安全帽脫下。

　　「我又沒說話。」

　　下一秒，子強的嘴已經被繁欣封住，她用她長年握著琴弦的拇指狠狠地壓著子強的嘴唇，「我知道你對我有所感覺，不然不會忍受『工具人』的稱呼這麼久。」

　　子強心中掀起了驚濤駭浪，一方面吃驚她的力氣這麼大，一方面也是被說中了心聲，他沉默地讓繁欣捏著他的嘴巴，不知道過了多久，只知道臉頰被捏出了紅指印，他才求饒地向繁欣。

　　他們之間的開始，與情侶間不同，他們間的默契，也遠勝於朋友，他們用四年的時間陪伴對方渡過種種，雖然期間少了許多朋友，但他們擁有彼此，是最珍貴的彼此。

　　閃光燈熄滅之後，那張拍立得被張貼在隔天喜宴的會場中央，沒有求婚，一切是如此的順理成章，從學生到畢業，他們的人生早在一開始就與其他人不同，早早就確定好了彼此，早早就開始為對方付出，這是他們最圓滿的結果。

# 前段班、後段班

作者：君靈鈴

這六個字背面所代表的意義，或許是很多學生的惡夢。

一開始的分類僅是很主觀的以成績好壞來區分，而不管分入前段班或是後段班，承受的壓力也是不同的。

前段班的壓力，來自於保持或是更上一層樓，背後有著很多雙推手很多雙眼睛在推著盯著，彷彿只要一刻鬆懈，這股勢力就會以排山倒海之勢、鋪天蓋地而來，所以很多學子沒有選擇，只能努力讓自己保持在最佳狀態，為的就是在密密麻麻的學習行程中，除了讀書外還能悄悄偷得一點點時間稍稍喘口氣，因為在這種處境的人都知道，只有維持住或是更進一步了，背後的壓力才不會洶湧襲來。

但並非是在後段班的學生就沒有壓力，被判定比不上前段班學生的他們很多並不是哪裡不如人，可能只是不太愛念書，但因為制式化的判定方式，讓他們成為了所謂的「後」段班學生，也似乎很自然變成了某些長者無視的對象。

可他們做錯了什麼？

為什麼要被無視被看輕？

他們只是比較不會念書，但除了念書，這些學生可能還有很多不為人知的技能與天賦等著有緣人去發掘，只要懂得去理解欣賞他們，他們很多都是一塊塊未經琢磨的寶石。

　　說真的，前段與後段真有那麼重要嗎？

　　這種區分真的必要嗎？

　　這個問題被爭論過很多次，但結果總是不了了之，人們既定的觀念很難改變，前段班等於優秀，後段班等於差勁，這樣的評語相信沒有少聽過。

　　這樣不公平的言語存在已久，從校園開始瀰漫，然後在學生們畢業後並不會消失，因為這個社會也存在這樣的層級觀念，知名大學畢業就一定比三流大學畢業的優秀，但請試著設身處地想想，這樣粗略的分類真的好嗎？

　　後果只是讓各自的壓力更大而已吧？

　　只可惜有些人就是不願意去弄懂這個部分，在校園裡讓這種風氣肆無忌憚的橫行。

　　所謂「天生我材必有用」，這句話雖然老掉牙但卻有它的道理，不僅僅是字面上的意思，只要深切去了解就會發現，每個人都有不同的天賦，就算對念書不在行，但一定會有別的優點，而就算念書很在行，也一定有其他想做的事想去做。

　　被逼迫前進的前段班與半被放棄被看輕的後段班，他們需要的是被了解及被鼓勵，而不是壓迫與看不起。

# 那一年的朝會

作者：君靈鈴

　　還記得學生時期發生了一件事讓人印象深刻，而認真說來這件事至今應該也還有很多人記得，那就是當年災情慘重的「大園空難」事件。

　　這場在當年幾乎可說是史無前例的事件，造成了很多破碎的家庭，那種深沉的痛，想來至今應該還深埋在很多人心中。

　　其實在那天朝會前一天，全校師生就幾乎都知道了一個重大的壞消息，下課時間四處都可見到竊竊私語的人群，個個臉色凝重，有的甚至不自覺淚流滿面，但在那個時候年齡還不到會感嘆世事無常的我們只記得要說一句話，那就是「為什麼會這樣」？

　　到底為什麼會這樣？

　　那一場災難，讓我們學校失去了兩位優秀的老師，誰也沒有想到這兩位老師會在趁著假期出國遊玩後，卻再也回不來了，第一時間沒有人願意相信，找上老師詢問的結果，卻是得到令人心碎的消息。

　　走了，真的走了。

　　這樣的事件讓學生們沒有精神上課，而老師們其實也是，雖然撐著在講台上講課，但那濃重的憂鬱氣氛，卻是每個教室內都揮之不去的味道。

　　事情來的突然，沒有人接受的了，所謂奇蹟，那千萬分之一的機率，在確認罹難者名單後，大夥兒就都知道不會有奇蹟了。

　　接著過了一夜，早晨全校集合的朝會時間，各處主任簡略的說了些別的事情後，就看校長帶著沉重的表情走上台，在全校師生的注視下，先是低下頭幽幽嘆了口氣，然後說出大家都已心知肚明的事。

　　然後，在說更多話之前，為兩位老師默哀一分鐘是對她們最後的敬重與追憶，之後校長說了什麼，其實大家可能都不是很清楚，因為此起彼落的啜泣聲掩蓋了校長用低沉的聲音說著追憶的話語。

　　說來也是呢。

　　人都走了，也只能追憶了，腦海中出現的是兩位老師平時的模樣，總是那樣溫柔總是那樣有耐心，也就是因為本就受歡迎，大夥兒才會因為這樣突然的離別感到傷心欲絕。

　　雖說人不可能永遠相聚在一起，但突然的分離總是讓人不捨且感到措手不及，不想接受也只能接受，然後在哭泣中發現，離別已成事實，再多的淚水也喚不回逝去的人，但淚水止不住卻是不爭的事實。

　　這個屬於校園的回憶，到現在仍讓人記憶猶新，或許是因為當年這個事件轟動全台，也或許是因為當年那個充滿啜泣聲的朝

會讓人印象深刻，畢竟這是一段讓人深記卻覺黑暗及感傷的校園回憶。

# 一線之隔，一念之間

作者：君靈鈴

　　曾經遇到過一個老師，脾氣好得嚇人，好到她的同事時常勸她對學生有時候要嚴厲一點才不會被騎到頭上，但她總是淡淡一笑，從來沒有放在心上。

　　有很多事在立時的判斷上都僅僅是「這樣」或「那樣」的一線之隔，下判斷的差異也往往都是一念之間下的決定，但不得不說有時候這樣的情況對後續的發展會有很大的差異。

　　同一類事件，由這位老師或是其他人處理在作法上的不同而產生的後續效應也是很不同的，所謂的嚴厲或許可以得到一時安穩，但並不長久，只是大聲斥責、卻不告訴犯錯學生到底錯在哪裡且糾正犯錯學生的態度及行為，一味的責罵並不能改變什麼。

　　相反的這位好脾氣的老師把犯錯的學生叫去之後，並沒有馬上暴怒責罵，當辦公室裡其他老師紛紛側目想著她又這般溫和肯定沒用時，她沒有理會，以溫柔的神情及平穩的語氣先是詢問了事情的來龍去脈，發現錯的確在她學生身上時依然沒有動怒，先是輕輕抬手制止學生過度的高談闊論及不恰當展示的肢體動作，然後淡淡問了句……

　　「為什麼覺得這樣自己就是英雄？」

　　這句話一出，幾個犯錯學生都楞住了。

　　「因為打架很厲害，而且打贏了就是英雄啊！」

　　忽然有個學生很衝動就這樣回答，然後就見這位老師微微笑了。

　　「所謂的英雄，定義者不是自己，當你傷害到別人侵害到別人的權益，那就稱不上英雄，會打架沒有什麼了不起，想當英雄絕對不是這樣就可以達成，你們認為的厲害實質上只是滿足自己虛榮心的一個說法，在這種事情上贏了等於輸了。」

　　老師這樣說，但學生們當然不服。

　　「哪有！我們贏了啊！」

　　「是嗎？如果你們贏了，為什麼現在會站在我面前？會站在我面前不就是因為你們自以為贏了的場面被不認同的人看到了，所以才來告知可以責罰你們的人嗎？這樣你們還覺得你們是贏了嗎？」

　　一席話出，學生們都沉默了，個個咬著嘴唇還不願意認錯。

　　「想當真正的英雄就必須要得到別人的認同，不是自己口頭上說說就可以，而在校園中要得到別人的認同就必須行為端正，這一點其實等你們出了社會也是一樣，沒有人會去認同犯了錯還沾沾自喜的人，或許你們會覺得未來還很遠，但其實它並不遠，很快就近在眼前，在對與錯的判斷上，或許你們還不夠成熟，而我的責任就是教導你們如何分辨對與錯。」

　　說完，這位老師就讓學生們走了，在同事們紛紛開口說她處理不當時，她依然沒有反駁，但不久後這群學生主動找上另一方道歉時，老師笑了，因為她獻身教育的目的從來就不是為了拿著教鞭在台上嚴厲大吼，而是想教育那些還不懂事的孩子對與錯而已。

# 辛苦的菜鳥老師

作者：君靈鈴

在求學生涯中印象最深刻的事情之一，大約就是國中時遇到的那位女老師。

當年她剛畢業就來到我們的學校，但這不是重點，重點是她一來就接了個艱鉅任務，還記得當時她很多同儕都很同情她，因為她頭次擔任導師的班級可不容小覷。

這個被視為群雄鼎立的班級不只是當時所謂的後段班，而且還是個傳說很多的班級，有說法是說裡頭有學生在外頭是跟某些老大在混的，男女都有，也有智能障礙的學生，也有擔任學校樂隊的學生，也有常常出去比賽的跆拳道生，也有沒被選入前段班的好學生，也有一進班級就被排擠的學生，總之什麼角色都有，但學校卻把這樣群英聚集的班級交給這位老師，說真的大夥兒那時候都很同情她。

而一開始，她的確很辛苦，那個班級沒有所謂的向心力，一小團又一小團的小團體林立，這團跟那團不合，那團又跟另一團不合，但這也就算了，還有需要保護的、需要開導的、需要再教育的、需要多關懷的、需要去幫忙解決紛爭的情況；只能說讓這位老師簡直是疲於奔命，那時候大家都在猜，她有一天是不是會宣告放棄。

然而過了半年，她不但沒有放棄還越挫越勇，而慢慢的大家也發現，這個班級似乎有了一些改變，衝突變少了，同學們相處

好像慢慢變得融洽了，雖然進度很慢，但沒有人會去否認這位老師的付出的確慢慢有了回報。

後來，不能說這個班級在成績上或是其他方面有什麼讓人刮目相看的地方，但是改變很大是看的出來的，大夥兒也發現，這位老師雖然是菜鳥，有衝勁、有毅力、有耐心，但卻沒有菜鳥的莽撞，這是她很大的優點，因為有些事不是靠莽撞或衝動行事就可以達成的。

她的耐心、毅力、衝勁與信念改變了那個班級，雖然過程中也發生過兩位學生輟學這樣的遺憾事件，但整體而言她的初次班導體驗在三年級畢業的那一天算是劃下一個頗完美的句點。

但沒有人覺得她幸運，因為這是她辛苦付出得來的成果，雖然不盡完美但已算可圈可點，畢竟一開始大夥兒都不看好，可到最後她並沒有讓人失望，她沒有退縮沒有逃避，勇敢去面對了這次的挑戰。

我想，就是她的態度讓人欽佩且尊敬吧，後來畢業多年後，回學校發現她依然在原校繼續春風化雨，找上她聊一聊就發現，當年那個班級的確讓她很難忘，但也讓她發現「有志者事竟成」這六個字，絕對不是空口說白話就可以成功，之中要付出的心力比他人看到的部分要多上太多了。

# 鳳凰花開前

作者：君靈鈴

　　在迎接畢業前，現在的學子們總有很多目標待完成，就好像要等到鳳凰花開那一天到來前，必須對幼苗加以灌溉施肥似的，學子在步上畢業這條路前，感受到的壓力似乎越來越大。

　　學齡不長的，面對畢業大抵就是能不能更上一層樓，所謂的名校常常擠破頭，除了自身優不優秀之外，家底是否夠豐厚好似也成為一種指標，但說實話名校是一種迷思，雖然有句話叫「名師出高徒」，所以讀「名校一定會比較有成就」，成了某些父母一種根深蒂固的觀念，但卻沒有思考，到底孩子心裡在想什麼。

　　而對於那些畢業等於即將步入社會的學生們來說，在校的時間很多就被用來培養更多的技能與專長，為的就是怕畢業後出社會低人一等，不想「畢業等於失業」，那就得努力，而且不是在畢業後才努力，而是畢業前的前置作業就得完美才行。

　　但當然，也有人選擇什麼都不管就順其自然，船到橋頭自然直，不是非要做些什麼才能畢業，等畢業了先玩樂一陣子再來思考也不遲。

　　只是，撇開真正完全不在乎的那類人，選擇先承擔壓力或後承擔壓力都是一種壓力，先做好準備還是臨時抱佛腳都是自己的選擇，現在的社會型態就是推動著人們不斷前進，沒有進步的人就會慢慢被淘汰被無視，而努力的人到最後通常都能得到豐厚的收穫。

　　可這不代表需要逼迫自己到無法接受的地步，不管是自己逼自己還是被外力所逼，當事情已經變得無法承受，適時地放鬆自己或是想辦法與外力溝通就成為很重要的一件事。

　　人不能沒有目標也不能沒有進步，更不能對未來一點規劃也沒有，更不可以比不上別人，這樣的話或許不少人聽過，但聽在年紀尚輕的孩子耳裡，或許學習就從自願變成被逼迫，樂意變成痛苦，在不斷被推著往前進的路上，他們會發現自己好像在孤島上，只有海浪不斷拍打著岸邊，眼看就要被淹沒了卻沒有救援。

　　校園本該是個很單純的地方，是學生們學習的地方，但在過多的填補之下，讓學習這件事變得不那麼單純，而學生們要承受的壓力也更多面向。

　　為迎接鳳凰花開那一刻，他們要付出的在如今變得更多更複雜，有的也更讓人難以承受，有時看到一些報導都忍不住心疼，想著學習這件事實在不應該成為他們走上不歸路的一個原因。

# 對　待

作者：君靈鈴

　　曾經在雜誌看過一篇小小的專訪，專訪的對象是一名老師，我們姑且稱他為 A 老師，而他說自己在當實習老師的時候有件事讓他印象深刻，而是事情的開始是這樣的。

　　「A 老師，剛剛在課堂上你根本不必理會最後頭那個學生，那個傢伙不是什麼好東西，不把老師放在眼裡也就算了，聽說還跟著外頭的人在混。」

　　「但是，學生上課不好好聽講是該提醒他的。」

　　「沒用啦！不用浪費力氣，那種人要來學校就來，不來也罷，反正以後肯定沒什麼出息，不用浪費時間在那種學生身上。」

　　「……我覺得把時間花在學生身上並不是一種浪費。」

　　「果然是實習老師很有熱忱，不過時間久了你就知道，有些人你花再多時間在他身上也沒用，因為他們根本不會改變，還會頂嘴把你當仇人。」

　　「請問，他是一直都這樣？」

　　「聽說是，反正好像從國中開始就這樣了，當初聽說他要來這間學校讀高中，我們教師群還沒見到人就覺得頭痛了，反正你只是來實習的不用管那麼多，我怎麼說你照做就是了！」

　　說完，對方就揚長而去，留下 A 老師獨自一人站在原地發呆。

　　當初會想投身教育，他其實也不是懷有什麼遠大的抱負或是想成為偉人之類的，但像這樣的情況卻是他沒有想像到的情況。

　　只是聽說，在學生還沒到校前所有人就已經為他貼上標籤，那麼等人來了之後，感覺到的一定只有指指點點跟不友善，那誰會願意試著融入這個環境呢？

　　因為根本沒有人歡迎這個學生啊！

　　這個事件困擾了 A 老師好幾天，而這幾天雖然困擾他也沒閒著，雖然前輩讓他別管別理，但因為前輩的態度他不是很認同，也就暗中偷偷觀察，後來發現大家口中的「壞學生」居然是個會去幫附近麵攤老奶奶做生意的孩子。

　　A 老師的專訪最後，雜誌上的幾句話很吸引目光，上頭寫著「所謂的壞學生是真的壞嗎？或許只是人們的既定印象或誤會，在教學生涯中我必須說我遇過很多次這樣的情況，而我發現其實只要真心對待，他們幾乎都會願意改變，重要的是對待他們的態度正確與否。」

　　所謂有教無類，就不該在還沒了解一切前，為哪位學生蓋下「BAD」的印章，身為教職者 A 老師認為自己這些年來「沒有辜負」這四個字，但他也知道其實要改變那些或許表面上看起來不那麼優秀的孩子，首先要改變的，其實是自己對待他們的態度。

# 均衡的重要性

作者：君靈鈴

　　跟一些學生聊天時不難發現，這些學子都很厭惡一件事，那就是長輩們很常口頭上說著「死讀書沒有用」，但卻無時無刻逼著他們得用功讀書，將來才會成為一個有用的人。

　　更糟糕的是，不只家裡的長輩，他們也會聽到師長們說類似「雖然這個以後不一定用的到，但是你們還是要學」這樣的話，所以讓他們更糊塗了。

　　在校園裡到底學習什麼才是必須什麼是不需，這個界定似乎很模糊，當一門學問從頭頂上砸了下來，頭一痛趕忙接住之後卻產生質疑，「不知道自己到底學這個做什麼？」大概是很多學生心裡的疑問。

　　但疑問歸疑問，不學可是會出大事，在校園這個堪比外頭社會的激烈競爭環境中，那對他們而言似乎對未來沒什麼幫助的知識，卻成為他們跟別人競爭的工具，而等到畢業那天才發現，或許工具就真的只是工具，一出校園之後工具馬上變成無用的一段回憶。

　　然而，真的沒用嗎？

　　其實也不能這樣認定，畢竟多方涉獵總是好的，至於會不會用的上，這很難說，畢竟對學生來說，他們的人生路還漫長，哪一天說不準總會用上。

　　不過對學生來說，除了讀書外，似乎在別的方面也該有些選項讓他們選擇，所謂均衡的身心發展才會有健全的心理與生理狀態，在學校中除了讀書也應該撥出空閒把時間用在其他事物上。

　　打打球、玩玩樂器、畫畫等等，學習一些自己在讀書以外有興趣的事物，在書本與興趣之間找到平衡點，書自然是要讀，但其他方面的培養也不能忽視，只是當說到這個時有幾個學子一臉無奈的說：「爸媽跟老師都覺得如果我們把一點點注意力放在興趣上，那麼一切就會毀了，因為他們都說我們會顧著玩而不顧課業。」

　　想了想，的確是個該擔心的問題，因為先例很多，結果也有好有壞，但這樣就剝奪孩子的興趣似乎也不是件好事，所以認真來說，如何達到一種平衡就成了一個重點。

　　在學生認真學習之餘，培養其他的嗜好或針對興趣學習課本以外的事物，訂定分配一定的時間給予兩方，而不是僅僅專注在一方以致學生們被困在課本中無法喘息，畢竟一味的逼迫並不會有太大的功效，給予喘息的空間才是讓學習效率提升的好辦法。

　　就像飲食要均衡般，其實學生們在體驗校園生活時也是，只一味逼迫他們讀書卻不給予呼吸空間，所謂的拼命讀書才有出息，可能也只是一句空話而已。

# 日與夜

作者：君靈鈴

　　所謂的日校與夜校，看起來差別似乎僅只是一個是學生在日間上課，而另一個是學生在夜間上課如此簡單，但在某些家長的觀點中，日校生與夜校生的差異似乎不像表面上看起來這麼簡單。

　　在他們的既定印象中，夜校生大抵都是半工半讀居多，也容易讓人有種錯覺就是他們應該不會太認真讀書，進夜校是為了混個文憑而已。

　　所以如果不是非不得已，這些人絕對不願意自己的孩子進夜校就讀，那種彷彿不太正規又只是混個文憑的夜間就學，在他們眼中成了不太正規的學習途徑。

　　但求學這件事的重點，並不是在白天讀書或晚上讀書，而是學生本身是否有意願努力求學，並非讀日校以後就一定有出息、也不是讀夜校以後就不能出人頭地，修行在個人，如何修行、怎麼修行都是自己的選擇，而最後成功與否也端看個人的努力，不是分個日夜就可以分出勝負。

　　不過，也不是夜校生會被某部分人批評，日校生也有，比起夜校生會被說讀書不是本業只是混文憑，日校生會聽到的聲音大抵就是「只會讀書」、「書呆子」、「除了讀書什麼都不會」這類的話語。

　　但其實日與夜兩方都很冤，如此直接被裁定劃分並不是他們願意見到的畫面，因為很多人都知道，不是日校生就一定很會讀書，也不是夜校生就一定會荒廢學業只為混文憑。

　　萬事沒有絕對，但有時人們的偏見會對當事者造成傷害卻還不自知，一味說出批判式的言語只會顯出自己的不足，因為沒有深入去了解，所以自以為是的下結論。

　　其實不管日校與夜校，學習態度才是最重要的，學習知識或許在一時之間還看不到什麼太大的幫助，但無知卻會成為人的一種致命傷，很多時候會因此而矮人一截。

　　學海無涯，或許人終其一生都觸碰不到它的岸邊，只能在這廣大的海洋裡載浮載沉，但與其放任自己隨波逐流，倒不如趁此機會多充實自己，有句話說：「機會是留給準備好的人」，而當然某些問題也是留給認真學習的人去解決並藉此得到更多的尊重與敬重。

　　學習絕對不是一件無用的事，而正確的學習態度更是自我充實程度是否夠飽滿豐富的重要一環。

　　請別小看學生生涯，因為通常這段期間幾乎都可以左右往後一半的人生，是人的一生相當重要的時刻之一。

# 暑假作業

作者：君靈鈴

　　遠離校園生活很久了，但總是忘不了早前在求學時對於暑假那種既期待又怕受傷害的心情。

　　先撇開暑修這件事不說，放暑假雖然快樂，但讓人頭痛的就是暑假作業。

　　畢竟雖然放暑假，但是作業一樣也沒少，尤其還要寫日記，要知道在暑假這麼長的假期中，其實有很多天學生們只是懶洋洋的待著，真要交代一天做了什麼，那肯定不有趣只是流水帳，但偏偏大夥兒都知道流水帳是沒辦法交差，所以再怎麼樣也掰一些內容出來，而且很常是在暑假快結束的時候才從沙發火速彈起，想起自己還有日記沒寫，頭也跟著痛了起來。

　　瞎掰個一兩篇其實挺簡單的，但是如果要瞎掰很多篇那就不是件容易的事，首先得先把自己常接觸的人都列出來，再想想暑假期間跟那些親戚見過面或是去過哪裡，先把真正去過的地方這幾篇解決，再來就真的得掰了。

　　隔壁鄰居小孩被狗咬、跟弟弟去附近探險、陪媽媽去市場、陪爸爸去釣魚、跟家裡的狗狗玩，反正什麼雞毛蒜皮的小事都可以，只要把它掰成一篇文章就好，但內容不能太過潦草無聊，必要的時候還得再捏造或自己添加一些元素上去，因為是瞎掰嘛！

　　所以，以前對暑假總是又愛又恨，加上後來的暑假又需要暑修，對暑假的期待就似乎沒有更小的時候那般強烈，尤其是作業

繁重，總是讓人有股錯覺感覺根本沒放假，因為有一半的時間要暑修而其餘時間也沒法太悠閒而是得為作業煩惱。

　　尤其是在暑假即將結束的那幾天，忙碌的程度跟現在的上班族根本沒兩樣，重點是絕對不會只有自己忙，能抓來幫忙的大概一個也逃不過，畢竟趕工就得大家同心協力才有效率，所以情況大抵就是父母一邊唸叨一邊幫忙，現在想來也覺得有趣的緊。

　　但不管如何，作業完成的那一天大概也就是要回到校園繼續學習的前一天，心情頓時又複雜了起來，總想著如果有天暑假再長一點作業再少一點，那麼應該就可以有更多時間可以玩樂。

　　可是到了今日，脫離校園生活之後才發現，真正成了自由之身沒有學生身分束縛，人生卻是更忙碌了，而且沒有暑假，心態也不似學生時那般天真單純而是為了生活去汲汲營營，當然暑假作業也從此消失，取而代之的是一份又一份的人生作業，而且比當年的暑假作業還要多還要傷腦筋。

# 運動會

作者：君靈鈴

　　記憶中，運動會不只是運動會，前置作業可不少，尤其還要比賽，所以像這種兵家必爭的場子，各班紛紛都在導師的帶領下摩拳擦掌，想為自己的班級爭個好名次。

　　所以事前的練習必不可少，本來都希望學生將專注力放在課本上的導師們，在運動會前可就沒那麼堅持了，抓緊時間帶著學生就上操場練習，不管是接力或 100 公尺賽跑、200 公尺賽跑、跳遠等等，一項也不遺漏。

　　最可愛的是練習不只侷限於自己班級，只要湊巧遇到競爭對手，還會在運動會前來場友誼賽，先瞧瞧彼此的實力然後結束之後，再來個沙盤推演，看看是否需要更換選手之類的。

　　但這還不打緊，重點是還有全校要一起做體操，而在運動會之前的體操練習時間不知道為什麼總是要比賽事多上許多，現在想來其實場面挺壯觀的，但當時只覺得天氣這麼熱，大夥兒卻晾在操場上曝曬，實在討厭的緊，做起本該很有活力展現的體操也覺得有氣無力，總是期盼能快點結束，因為聽課要比站在大太陽底下曝曬要好多了。

　　總之不管如何，在那段期間除了練習還是練習，直到運動會當天大家早已全身痠痛，不過一旦比賽開始，選手卻是一個比一個認真，做體操的時候也是，完全看不見平時大家那懶懶散散的偷懶模樣。

　　當時其實也沒有太注意，但現在想來發現所有學生們的勝負心都會在那一天被激發出來，贏的就開心大笑，輸的就低頭甚至啜泣，這是屬於校園的回憶，也是青春的記憶，等到所有人都長大以後，那一天的勝負多多少少都還會記在心裡。

　　因為長大後會發現，當年的良性競爭，在出了校園之後多少會變調，為輸贏開心或難過也會在歲月的催化下變得讓人察覺不出，當年的純真或許早已被世故取代，那一段段屬於校園的回憶會被深埋在心中，或許只有偶然遇到同學時才會被提起，一同笑著談論自己當年的幼稚或傻氣。

　　想來，運動會真的不只是運動會，它是個讓學生們為了勝負得以揮灑汗水的場合，也是個可以扯開喉嚨為同伴吶喊加油的地方，更是個讓校園生活增添色彩的機會，地位很特別不說，一次次的回憶通常也無可取代，令人難忘。

# 偶然閒情

作者：葉櫻

不知道為什麼，都已經長到大人的年紀，卻還是對餵動物情有獨鍾，甚至比小時候更加執著，要是得了空，還會專程去買一塊白麵包，踏著步子去找學校湖畔的麻雀或鴨子。

記得第一次來學校，是高中來考入學考試的當口。那天提早了許多時間到，還不能進考場，便只好在系館外面閒晃。正巧系館對面就是學校唯一的那個小湖，和對面的榕樹園合稱學校知名觀光景點之一。湖是可愛的，有綠草茵茵，柳樹飄搖，還有中國風的拱橋與中央的小島，可說是麻雀雖小，五臟俱全。然而，那天最吸引我的，卻是趁著晴好，抖水上岸，排成一列，在草地上悠閒散步的四、五隻鴨子。大概無人會用優雅與雍容去形容這種鳥禽，然而當天我卻在牠們身上看見了歲月靜好與府城從容。

也許「南部偏安」之心竟是在那時便油然升起了吧，連當今首府的學校也再不想去，決意寄居在這古時的都城，和古蹟，蜿蜒的小路，還有動物們相伴。

入學後不久，一切都步上軌道之後，有了閒情，便升起親近狎暱之心，想要與留我下來的鴨子更親密一點。有天便買了個麵包，羞怯而無措地站在草地上，向湖上頻頻張望，期望鴨子們能知心地上岸來。一時無果，只好站到橋上，掰了一塊麵包朝牠們扔去。

　　卻不想這些鴨子已是經驗老道，竟然脖子一伸，嘴巴一張，便接住了空中的麵包。四隻都是這樣，幾乎沒有一次疏漏，叫我稱奇了好一陣子。多餵幾次之後，或許也彼此相熟了，看到我拿著麵包，有時候便會直接游過來，彷彿建立了無聲的默契。

　　曾經，也餵過麻雀。麻雀又與鴨子不同，通常只在下午時候才出現，總是一大群落在草地上，低頭不曉得在揀甚麼東西吃。一般的雀鳥應該是懼怕人的，學校內的卻極其天真，看見人丟一把麵包塊，便都飛來啄食，也不管丟在腳邊或遠方的草地。

　　有時候一邊餵著，也一邊覺得自己像是戲曲傳奇中的小姐，總愛跟鳥雀玩。但我卻不是因為被限縮在一方花園裡，以此打發時間。

　　那麼，是為什麼呢？曾經這樣問自己，卻得不到個答案。問了別人，有人說，因為有種被需要的感覺，有人說，因為鳥很可愛。

　　禮拜三，懷著這樣的疑問，又帶了幾片吐司去湖畔。鴨子這次並不想吃麵包，倒是麻雀快快樂樂地分食著麵包，你啄一口，我啄一口，一點都不執著。

　　吃完之後，麻雀們毫不留戀地飛上了柳枝，鳥也許不是種貪心的生物吧？不會希望全都吞食殆盡，也無有浪費的觀念。想吃就吃，想走便走，真個是自由自在。

　　看著瀟灑離開的牠們，隱隱約約，似乎也知道了自己心中渴求的原因了。

# 正是花落好時節

作者：葉櫻

隨著年級上升，學分終於漸漸少了起來。這學期更是這樣，幾乎只剩下雙主修的課程，零碎地填在課表上。更加悠閒，意味著我更有理由依靠自己的雙腳通勤，畢竟，現在已經不再跟剛入學時一樣，時常有連續的課堂，需要甫聽到鐘聲便衝出系館，跳上腳踏車，瘋狂地踩踏板，在偌大的校區之間來回奔忙。

然而，似乎只有我喜愛走路。學妹之前在路上看見我，便問我：「這樣不會很累嗎？不會需要提前很多出門嗎？」聘用我當助理的教授，之前問我怎麼來系館，聽見我總是走路，他便驚奇地問：「妳沒有車嗎？每天都這樣走路啊？」彷彿走路是如此稀奇而疲憊的事情。

有時也不免覺得，走路也倒真是種吃力不討好的通勤方式吧——不僅浪費時間，也難以走到更多更遠的地方，我走不出這方圓百里，生活圈也變小了許多，彷彿自願被拘在籠子裡的鳥兒，真的是畫地自限了。

可是，有些事情，實在是需要慢一點兒，悠一點兒，否則一晃眼便過了。

禮拜四早上，依約要到系館幫教授處理雜務，便在通往系館的小徑上，看見了一只落在地上、奄奄一息的鳳蝶。蹲下來細看牠，右邊的翅膀竟然折了一角，垮垮地貼著仍然堅挺的翅膀。一

動也不動，大概是垂死了吧，但死在人來車往的路上，也太可憐了些。可不是每個人都有閒情能看見地上的蝴蝶呀。

這樣想著，便抽出一張紙，等牠爬上去後，把牠渡到一旁的馬纓丹上，還油然升起一股責任心來，便囑咐牠說：「不要再掉下來了哦。」

中午下班回程，想起牠，特意去看牠。結果牠竟不在花上，卻在地磚縫隙間的雜草上。這次一接近牠，牠便胡亂撲翅亂跳，彷彿被我嚇著似的。也許是討厭我多管閒事吧？可是最後仍也又允許我把牠運回花上了。

確認牠穩穩地站在葉子上後，我才繼續走我的路，一邊還不禁擔心起牠是不是不吃馬纓丹的花蜜？是不是應該放到別的植物上？明明才是兩面之緣，卻彷彿被牠馴養似的，深深的刻在心上了。

下午放學時，又走同一條路去看牠，牠還在花上，讓我鬆了一口氣，在心裡祈禱牠能活久一點後，與牠道別，離開了牠。

之後，我與朋友說起這件事，她說：「可是還是會死掉。」

是呢，我當然知道。甚至我也知道，下禮拜便再也不可能見到牠了。可是，這絕非沒有意義。從此，我會記得牠，也會記得為了牠而焦灼擔心的自己。我感謝牠，牠生命的盡頭與我結緣。這只是一件瑣碎的小事，但也許生命就是需要這樣的瑣碎，偶然

的浪費，露水般的緣分，讓我們真切地注視這個世界，生與死，以及散落其中的，無數美麗的瞬間。

# 一個如同故事般的故事

作者：葉櫻

　　星期五回家路上，我心滿意足地靠在後座，閉著眼睛，聽廣播說著一則荒謬的新聞——一個男子從魚市場騎車回家後，因塑膠袋內「漁貨不對」，才驚覺自己騎了別人的車，趕忙去報案。而騎走他車子的人緊隨其後也抵達派出所，原來他們的機車型號相同、顏色相同，又沒有拔鑰匙，又都趕著回家煮海鮮，才有了這樁奇事。聽著不覺好笑起來，總覺得這樣巧的事不該是世間的事，而該是書中苦心經營的橋段——或許也不能是。畢竟若真的這樣寫下了，可能會被抨擊偷懶取巧呢。

　　誰知道，才隔兩天，我便打了嘴，以更窘迫的方式認識了一個陌生人。

　　禮拜一下課後，去外文系當助理。教授讓我記得明天下午下課後給他傳個訊息，以免他突然需要我去幫忙。我應聲，想拿出手機在行事曆上設個提醒，摸了摸包包，卻遍尋不著那熟悉的觸感。一邊想著「不會吧」，一邊把包包翻了個遍，果然沒有了手機。

　　茲事體大，只能不好意思地跟教授說，我先去找個手機，誰知道教授比我還緊張，大聲說著：「快去吧！」便把我趕了出來，實在是一個善良的老闆。

　　匆匆地回到中文系館後，卻意識到我不得其門而入——因為肺炎，系館封閉了大門與側門，只允許自後門通行。而為了記錄學生蹤跡，又加裝了一扇玻璃自動門，只能刷學生證開啟。

　　為了拿到放在教室的手機，必須先刷學生證才能進去系館，而為了拿到學生證，我必須先進教室拿到皮套裡裝著證件的手機——這猶如雞生蛋與蛋生雞般無解的阻礙，便這樣擋在我面前。

　　當主角遇到無法解決的阻礙時，便是求助於智慧老人或少女的時候了。我因此當機立斷，走回路上等待經過的學生，果然不久就有個伊斯蘭打扮的女性走來，我趕忙過去用英文請求她的幫助——具體來說，就是請她幫我刷學生證打開門。

　　（在走到系館的期間，我們還開始閒聊。她知道我是台灣人後十分震驚，這一點實在令我迷惑。）

　　門終於開了，主角也應該拿到他的寶物。以我而言，是躺在桌上那屬於我的手機。我轉身謝她，並在走出系館時湧上一股熱情，便問她：「妳是來學中文的嗎？要不要來語言交換？」

　　「噢，真是太好了！」她看起來十分誠摯。「妳簡直是神派來的天使！」

　　（如果我是男生，這段邂逅就成為純愛小說的開頭了吧。）

於是我們極其自然地交換了聯絡方式，並且約好回去就立刻討論見面的事宜。她往城門的方向走去，我則走向系館，繼續跟成績奮鬥。（稍晚，教授還破門而入，大聲地說：「妳找到手機了嗎？太好了！」實在是一個相當好的人。）

這就是禮拜一發生的小小的、真實的、相當具有青春喜劇潛力的故事。

# 選擇中文系的人

作者：葉櫻

　　記得修英文作文時，因為是開給新生的課，老師便宣布回家第一篇作文要寫「進入大學感到最不一樣的一件事」，並要大家一一分享自己的觀察，說出意見，互相激盪。新生們的答案大抵相同——總是有關室友相處、時間規劃與金錢分配。然而，對我來說，進入大學最讓我震驚的一件事，卻是遇見許多喜愛指指點點、比較高低優劣的人。

　　其實這種事早在高中填志願科系時，便有跡可循。社會「欽定」科系的高低優劣，學生們則將眼光與價值照單全收。在可謂小社會的大學裡，這種優越與自卑，輕蔑與羨慕，也被學生拿來提前演練。

　　林文月老師曾寫過一篇名為《讀中文系的人》的散文，當時看見這標題只覺未免風雅，然而放到自己身上，卻成了不合格的烙印，時不時便有多管閒事的人前來對我品頭論足，發表淺薄而無禮的感想，著實令我可笑又可嘆。

　　就像是剛提過的英文作文課裡，有個統計系的女生，大概也是雙主修或輔系的人吧，與她素不相識，唯一一次交談，還是在等著和老師一對一談話的空檔。

　　她主動過來跟我搭訕的時候，我並未多想，只當是為了打發時間而隨意找人閒談。然而，她卻劈頭便問：「妳為什麼要念中文系又雙主修外文系啊？為什麼不要乾脆轉系就好了？」

　　這問題讓我一時語塞，久久想不出得體的回應，心中倒是充滿了被冒犯的不悅。當時，很想反問：「那妳為什麼不從統計系轉過來？」不過還是忍住這樣無禮的回嘴，隨意敷衍過去了。

　　之後，聽說她似乎還在外文系學生面前，做出了「很多外文系學生，是因為成績低落而勉強留在這裡」的發言。這種粗魯無禮，著實讓我非常驚訝。

　　寫到這裡，不禁想起中文系教授上課時跟我們說的笑話。聽說之前有一個醫學系學生，為了不要連續兩個學期被「二一」，因而將一半的學分都押在中文系，沒想到學期成績出來，中文系的課恰好全都被當掉，因此俐落地被退學了。

　　雖然他的計畫很異想天開又可笑，但從這些事件看的出來，這個社會仍然存在著許多對立的價值觀。

　　其實互相看輕有什麼好處呢？不過是助長這種無稽的想像，壓迫孩子追尋真正喜愛事物的自由，也讓社會變的病態起來，將科系與工作當成譏笑比較的標準罷了。我們時常只懷著淺薄的了解，卻總在想像之後貿然評斷。哪有一定比較高級或是容易的事情，人卻偏要分出高低優劣，以此得到歪斜的自滿。

　　希望有一天，當我們問：「你的專業是什麼？」之後，接下去的不是有些輕蔑的「為什麼」，而是純粹的好奇的，「你們都

在學什麼？」。那樣，或許所有學生，也就都能活得更加自在輕
鬆了吧。

# 年少且輕狂

作者：葉櫻

　　一次英文口語訓練課的小組討論，我與兩個男生同組，分享對大學活動的看法。第一個男生說，他從沒想過要參加營隊，因為太沒有意義。另一個男生則說他也不想參加，因為討論跟練習才藝都很浪費時間，但朋友總是再三請求，只好每次都去幫忙。

　　我一年級時倒是主動報名營隊的。並不是想證明自己，也沒有成為風雲人物的嚮往，只是很傻氣的覺得，這活動只有一、二年級的人可以參加呢，如果錯過，也太可惜了。殊不知，便是這種見見世面的心情，便讓我的半個暑假成了一陣瘋狂。

　　我們營隊，學期中毫無作業，一切都在營隊前十天內完成。這期間，所有人幾乎十五個小時黏在一起，三餐、休息亦如是。此外，彼此還只能以事先取好的「花名」相稱。現在想來，這幾乎帶著點隔離儀式的味道了——日常身分乃至名字都被剝除，全身心都進入了被分派的角色——而我，就被派了叫作「水母」。緊密的團體生活，還讓所有人生出了近乎狂熱的一心同體，雖然也可視之為「臨時抱佛腳」，但確實達到了某種奇妙的功效。

　　現在雖說得輕巧，在營隊期間，我的後悔卻遠遠大於享受。一來，我熟稔的人不多，每個人卻都依表演、戲劇、隊輔、帶操四類分屬四個小組，一天幾乎只能與這些半生不熟的組員面對面，因此多數時間總覺彆扭，很少表達意見，多半只是胡亂答應。雖然表面熱鬧，實際上卻覺孤單。

　　緊鑼密鼓的行程也讓我吃不消。所有人都得在七點前抵達集訓教室，遲了還會被罰錢與責罵，之後便是一路練習到凌晨。回到宿舍，還要洗澡、洗衣、刷牙，真正沾到床，大概也已是兩、三點，隔天六點又要起床趕著集合，如此往復十來天，現在想起來，也實在佩服自己。

　　然而最讓我無法接受的是斥責的文化。檢驗進度後，學長姐總是會當著大庭廣眾，把人批評的體無完膚，那幾乎讓我的自信碎成一地。某個晚上還被正巧來刷牙的學姊安慰，說那只是一種「習俗」，其實大家都做的很好。雖然感激她的溫暖，卻也不免覺得這種權力展現十分荒謬，對團結或營造氣氛也沒什麼幫助。

　　不過，當然也有感動的地方。像是同學或學長姐寫給我的鼓勵小卡片，還有營隊最後一天的營火晚會。那時，學長姐依序給予每個人評語，我的是「水母進步，有目共睹」。雖然略顯煽情，但當下我的確紅了眼眶——那份被在意、被允可的喜悅，竟給我一種新生的飄然。

　　雖然現在的我，仍舊舉不出有力的證據來證明參加營隊之必要，但總歸是人不輕狂枉少年，就算走了一趟冤枉路，其中的輕狂笑鬧，痛苦掙扎，經過時間沖刷，都成令人懷念的生命能量，為此而不可思議，而炫目不已。

# 范仲淹行動

作者：葉櫻

　　甫上大學的前兩年，因第一次生活在外，沒了父母的保護與嚮導，有了大把的自由與金錢，加上我豐富但時常錯誤的想像，連普通的生活都過得有趣起來，時常因為異想天開而鬧出笑話。

　　記得那時，有一天打開皮夾，看見只有幾張紙鈔可憐地躺在裡面，赫然升起一股洗盡鉛華生活的決心，發誓要做一個精打細算的大學生，不再每晚流連餐廳，一個禮拜喝一杯星巴克。於是，放學後立刻前往學校附近雜糧麵包店，選了一條少油、少糖、多穀的土司，表面上是講究健康，其實心裡想的是：「這吐司真大，每天吃一片，好歹也能吃五天，這樣平均一天就省了幾十塊，幾乎都能買半杯咖啡了！」真是太「勤儉持家」了。

　　我興沖沖地拿著那條吐司去結帳，並問店員是否提供麵包切片的服務。

　　「因為這個麵包裡面有餡，怕切開後會掉出來，所以我們不幫客人切片哦。還是我給妳一把刀子，妳再回家自己切？」

　　自己切也是一樣的。於是我點點頭，將麵包與塑膠刀都放進背包，神清氣爽地出了店門，覺得自己頓悟了省錢又養生的生活祕技。

　　然後，猛然想起宿舍並沒有能裝麵包的容器。為了這個實驗去買一兩個玻璃盒，實在有些浪費，畢竟我不確定下次還會不會這樣做——我突然福至心靈，想起范仲淹的勵志故事，決定買些

塑膠袋，一餐份的吐司便裝進同一袋，不僅易於收納，也易於分配數量，當時的我覺得這真是個聰明的好辦法。

於是我再度興沖沖走進了雜貨店，拿了一包夾鏈袋去結帳，踏著得意的步子回到宿舍，把吐司、刀子與塑膠袋在桌上一字排開，懷著興奮而緊張的心情打開吐司包裝，開始我的「鋸吐司大業」。

除了奶酥不停地化成小顆粒滾了出來，一切都在我的計算之中。真正讓我愣在原地的，是夾鏈袋的尺寸。

夾鏈袋非常的小，寬度大概只有一片吐司的三分之一，當然沒辦法把麵包裝進去。不過現在後悔也來不及了，因為志得意滿的我早在剛剛就豪邁地將吐司的塑膠包裝拆的四分五裂，現在吐司若不搬進塑膠袋裡，勢必就得住進我的胃裡，而那樣一來，我遠大的省錢目標就會化為烏有，還可能會直接住進醫院。

出於無奈，只好將一片吐司又切成三片，如此反覆往來，終於把一條完好的吐司，裝滿了十八個小小的夾鏈袋。說實話，經過這種折磨之後，每塊吐司都看起來破破爛爛的，還散著可疑的碎屑，實在無法激起食慾，反而只讓我看起來非常不擅生活，並且被室友關切這可疑的行動。

於是，初次的范仲淹行動，便以這樣傻氣的理由慘烈收場。也許，這就是我成不了偉人的理由，也說不一定。

# 聚　散

作者：葉櫻

　　都說上大學以後，總會有覺得自己變成大人的時分。有人是在金錢方面，有人是在生活方面，對我來說，最讓我覺得自己已經是個大人的瞬間，卻是在人際往來的時候。

　　進入大學，在不知不覺間，怯弱內縮的個性消退了好些，雖然仍舊不愛進行團康活動，但與陌生人談話，或是交新的朋友，都變得輕易許多。生出話題變得很容易，只需要修同一堂課、歸屬同一個系級，又或是同屬一個社團；交上朋友也很容易，只要稍微熟一點，一起做報告或作業，一起跑一個活動，或甚至只要有勇氣一點，互加好友，一起吃飯，填進彼此的空閒就行了。

　　然而，緣分如此容易被牽起，也就同樣輕易地被吹斷，在延畢的這一年，這種感覺尤為明顯。同屆的朋友，有的奔赴工作，有的繼續進修，少了疊合的話題與時間，便逐漸歸於沉寂，只在社群網站上互相遙望，偶爾聊上幾句近況。現在認識的朋友，只要下一學期沒有同樣的課，這倉促凝成的露水因緣也就漸漸風乾了。有時總覺得大學裡的人際像是煙花，要熱鬧也能非常熱鬧，彷彿用上整個青春去燃燒碰撞。擦出令人炫目的燦爛後，便復歸沉寂，人與人再度分別，回到自己原本的軌道上。

　　禮拜三，突然下起了今年的第一場冬雨。雨絲細而密地綿延落下，像是天空的嗚咽。我獨自打著傘，把空閒著又冰涼的手藏進口袋，站在路口等著紅燈。有些學生也撐起傘來，有些則仗著年輕，不管不顧地在雨中馳騁。

　　突然發現，沒有人共撐一把傘。和高中很不一樣，看不見兩個人緊緊靠在一起，躲在一把傘裡的景象。大家都獨自撐一把傘的，像是一個個獨立的圓，經過其他無數的人，偶爾一起等雨，一起前行，但終究會在某個時間分別，往自己的目的地走去。

　　聽說大學生容易感到孤獨，是因為這樣嗎？

　　看著，這禮拜在課堂上聽見的，便不請自來地浮上心頭。「一切關係都有期限。」老師這樣說。曾經好過的朋友，只要不再互通消息，終究會這樣慢慢散去。又想起《紅樓夢》裡的《飛鳥各投林》，總覺得像是個預示，像是在告誡自己，不該執著於強意延長緣分，該像個成熟的大人，面對它且放下。

　　又想起前兩天，夢見自己十五日就會死去。上網查了，說是會開展一段新關係，或是結束一段舊關係。如果可以，我仍舊希望那些舊的緣分，別那麼快便散盡。明知終將結束，但仍想要緊緊抓住，直到滑落手心。

　　也許這是我沒有長大的證明吧。但是，明知不可卻仍留戀不已的心情，也不能算是幼稚啊。

# 純真的盼望

作者：葉櫻

　　上學期的口語訓練課，每一堂的會話主題都不同，這是為了讓我們熟悉不同主題的詞彙與可能產生的話題，不致在對話時驚惶失措。記得十二月的某個禮拜，主題是「助人」，而投影片上有個問題是：「你是否會幫助陌生人？會幫到什麼程度？」

　　有人充滿理想與胸襟，說如果有能力，當然會幫助他人，這樣才能把愛傳下去，製造正向循環，讓社會越來越好；有人則抱著懷疑與悲觀，說會考慮情況與真實性，畢竟現在的社會，利用大眾善心行欺騙之事的人，多如過江之鯽。而我卻在幫與不幫之間搖擺不定，當時的回答也有些取巧：「我會先衡量自己有沒有能力幫助別人，如果力能所及，雖然可能會被騙，但我還是想要相信人性，所以我會幫助他們，因為如果是我陷入困難，也希望別人能相信我、幫助我。」

　　沒過幾天，我便得到了一個證實自己話語的機會，彷彿是神的試煉。

　　禮拜五下課後，我仍獨自走在人行道上，往宿舍的方向去。千篇一律的路徑，本也該平凡無趣地直抵達目的地，唯一可能的變動，也不過就是因興之所至，決定繞進便利商店或咖啡店逛一圈而已。這樣想著，卻在途中被一個年約六十的婦人叫住了。她懇切地望著我，說：她家住在南投的山上，需要從台南搭公車回去，但身上沒有錢了，不知道我能不能給她兩百塊？

我傻愣愣地看著她，試圖消化這突如其來且玄妙的展開——她的穿著平凡無奇，手裡提著一些塑膠袋，隨意垂下的及肩直髮泛著稻草般的黃，頭頂長出的卻是白髮。看起來果然不像是有餘裕，可是她的話實在也很難讓人相信，當下我便能想出好幾個質疑——為什麼有錢搭車來台南，卻沒錢回去？南投山上真的有公車站牌嗎？兩百塊真的能夠從這裡搭公車到南投嗎？

也許是因為我的猶豫與懷疑，她又再三地央求，說她真的需要錢，不管多少都可以。說到這個分上，我也無法拒絕，打開錢包，只剩一張百元鈔，便給了她。她千恩萬謝，還跟我要手機號碼，說有機會要把錢還給我。我莫名地有些害怕，便婉拒她的提議，匆匆地離去。

走在路上，不敢回頭，好似做了甚麼錯事。卻又同時在心裡期望著，這樣算是幫助了她。

下個禮拜二，主題仍舊是「助人」，我便在小組討論時分享了這件事，而同學們都覺不可思議，說我大概是被騙了。回家時也跟母親說了，母親笑我笨，說我一臉好騙，所以才被挑中，其實只不過是要錢的藉口而已。

之後的一、兩個禮拜，有時走在路上便想到她。之後再也不見她，也許真的回了南投也不一定。

　　希望是真的，希望我真的幫到了她。走在同樣的人行道上，我全心地這樣祈禱著。

# 窮途暫不哭

作者：葉櫻

　　我的方向感很差。若進了某棟建築物，從不同的門出來，就會往反方向繼續走，就是這種程度的差。然而我又十分懶惰，除非真正到了讓我心驚的迷路程度，或是趕時間，否則我通常會隨興地繼續往前走。所以，讀大學的這幾年，曾好幾次窮途末路，也常常繞了一大圈的遠路。

　　有一次，因為姊姊從台北寄書來給我，我便趁著沒有課的下午，走到全家去取書，報了手機號碼請店員查了，她卻抬頭告訴我：「沒有這筆訂單喔。」

　　她接下來的話，更是讓人感到青天霹靂：「我們這裡不是南一中店喔，那間在南一中裡面。」

　　「裡面嗎？」

　　「嗯。」

　　這就是人生地不熟的報應吧，當初便不該隨意搜到了店名就忘了檢查地址，一心認定南一中店就是在南一中對面的。但事到如今，也只能硬著頭皮進高中去，總不能讓它因無人領取而被退還。希望警衛不會覺得我十分可疑，而在大門攔住我。一路上，我如此祈禱著。

　　事情出乎意料的順利。順利地進了校門，順利地找到了全家南一中店，也順利地取回了包裹，甚至順利地沿著路途回到了門口。

　　除了「從後門進去，卻從正門出來」這個事實以外，順利到我以為自己生出了方向感。

　　事實上，就連我自己都被自己的方向感所震懾，這已經不能把罪推給陽光太強，純粹就是路痴特質太驚人而已。

　　雖然能從正門直接回宿舍，但我的腳踏車還停在那間其實並非南一中店的全家門口（話說回來，直到現在我還不知道那到底是哪個分店），因此我勢必要回到後門，再走回全家牽車。

　　明明穿越校園是最快且保證安全的，我卻開始沿著校牆走。反正順著繞半圈就會到了，我理性地這樣告訴自己。我的推理是對的，然而實行起來是錯誤的，因為走到一半，牆就莫名其妙地消失了，只剩下一條往同樣方向延伸的小巷，於是我毫不猶豫地走了進去。也許正是因為愛亂走陌生的路，路痴的特質才會被放大也說不一定。

　　這是我第一次走進那條巷子。這巷有獨特的破敗美感，靜謐的像是沒有住民。我經過一只窩成一團的貓，停下來注視幾棵從路縫中冒出、油綠綠的草，還觀察著一座寶特瓶堆疊起來的山。

彷彿發現了甚麼祕境，我甚至興奮到拿出手機，拍了好些照片，究竟為何開心，連自己都不明白。

在穿越小巷後，我平安地抵達另一頭的目的地，並騎上熟悉的路，回到了宿舍。

偶爾流浪的感覺也還不壞，事實上我一直很想這樣做一次，大概是出於一種浪漫的想像。也許，以後可以再來幾次，在沒有考試的時候，有手機的時候，有閒情逸致的時候。

還要在沒有太陽的時候……我整件衣服，都黏在背上了。

# 生之花

作者：葉櫻

　　2020 年確是多事的一年，才是新春的好時節，一夕便因新型的強力肺炎風雲變色，染上一抹恐懼死亡的顏色。這未知病毒恍若胞子，飄洋過海，遍地開花，開出焦慮與恐慌，凋零與絕望。在世界各國手忙腳亂的當口，台灣這島卻彷彿被完全遺忘了，像是玻璃瓶中的船，任憑外頭風雨再大，也不興起一絲風浪。仍舊是普通的生活著，該上課的乖乖地開學了，該上班的也順著日曆開工，人們與平常大體無異，仍偶爾去看電影，進劇場，上餐廳，公眾場所自由來去，頗有些魔幻寫實的荒誕不經。

　　然而有甚麼是變了的，各種應變措施與規則植入了日常，對於專家政府的宣導，人們前所未見的聽話。

　　學校也頒布了許多新政策——現在進教室上課十分不容易，需得過五關斬六將，全副武裝地通過一層層試煉，求知的大門才會為你開啟。所有的側門與後門都被封印，不管去哪兒，學生都得行不由徑，頂天立地的從正門進去。但正門並不會如平常那樣和善地總是開啟，你還需要一個通關密語——不是芝麻開門，而是刷學生證——否則便只能等待好心人或有緣人正好出入，借著他們的榮光進去。

　　一進去，兩邊還有重兵把守：左邊的人手上拿著酒精，預備隨時噴在你手上，淨化你從外頭帶進來的病菌；右邊的人手上握著額溫槍，一個接一個的量體溫，高聲宣布大家的審判結果，並在通過試煉的人手背上，按下一個「體溫正常」的證明，你這時

才終於被允許往教室走去。檢查口罩倒是不分工的，只要你臉上不見，不只是他們兩人會大聲要求你戴上，身旁的人也都會用看細菌的眼神注視你，逼迫你成為一個善良體貼的公民。

有時看著手上的戳印，覺得自己像是牲口，每天都例行性地接受檢查，如若合格，便好似得到了健康的保證，或是多活一天的允可，想到這裡，總讓我升起一股感激。

順著防疫的風潮，現在的生活也變得安靜無趣起來。戒除手搖飲、生肉與生菜，開始懂得保暖，數著一天喝了多少水，努力不熬夜。我像是蟄伏的蟬，不再跟之前一樣，總是任性地燃燒著自己的年輕或生命，幾乎像是看破世俗的老人，慢悠悠地過著規整的固定行程。然而，簡單起來的生活，卻讓我更意識到生活本身，開始學會欣賞路邊的花草，啄食的麻雀，親愛身邊的朋友家人。彷彿一瞬間開了眼，世界便將生命的美麗展示於我眼前。

如今已年末，這樣有限的自由生活著，也幾近要屆滿一年。經過湖畔，看見鴨子在草地上啄落花吃，便油然升起對活著的珍惜，對於將要到來的明天，又生出無限的期待與憐愛。

世界仍在運轉，明日又是新的一天。

國家圖書館出版品預行編目資料

校園軼事／林口澤北、君靈鈴、葉櫻　合著.—初版.—
臺中市：天空數位圖書　2021.01
　面：公分
　ISBN：978-986-5575-15-1（平裝）

863.55　　　　　　　　　　　　　　110000338

書　　　　名：校園軼事
發　行　人：蔡秀美
出　版　者：天空數位圖書有限公司
作　　　者：林口澤北、君靈鈴、葉櫻
編　　　審：亦臻有限公司
製 作 公 司：盈駿有限公司
版 面 編 輯：採編組
美 工 設 計：設計組
出 版 日 期：2021 年 01 月（初版）
銀 行 名 稱：合作金庫銀行南台中分行
銀 行 帳 戶：天空數位圖書有限公司
銀 行 帳 號：006-1070717811498
郵 政 帳 戶：天空數位圖書有限公司
劃 撥 帳 號：22670142
定　　　價：新台幣 260 元整
電子書發明專利第 I 306564 號

紙本書編輯印刷：
電子書編輯製作：
天空數位圖書公司　E-mail：familysky@familysky.com.tw　http://www.familysky.com.tw/
地址：40255台中市南區忠明南路787號30F國王大樓　Tel：04-22623893　Fax：04-22623863